민들레 연가

민들레 연가

발행일	2019년 3월 27일		
지은이	임수빈		
펴낸이	손형국		
펴낸곳	(주)북랩		
편집인	선일영	편집	오경진, 강대건, 최승헌, 최예은, 김경무
디자인	이현수, 김민하, 한수희, 김윤주, 허지혜	제작	박기성, 황동현, 구성우, 장홍석
마케팅	김회란, 박진관, 조하라		
출판등록	2004. 12. 1(제2012-000051호)		
주소	서울시 금천구 가산디지털 1로 168, 우림라이온스밸리 B동 B113, 114호		
홈페이지	www.book.co.kr		
전화번호	(02)2026-5777	팩스	(02)2026-5747

ISBN 979-11-6299-605-8 03810 (종이책)   979-11-6299-606-5 05810 (전자책)

이 도서의 국립중앙도서관 출판예정도서목록(CIP)은 서지정보유통지원시스템 홈페이지(http://seoji.nl.go.kr)와
국가자료공동목록시스템(http://www.nl.go.kr/kolisnet)에서 이용하실 수 있습니다.
(CIP제어번호: CIP2019010836)

임수빈 시집

민들레 연가

북랩 book Lab

CONTENTS

01
처녀

하나의 정답만을 찾았다.
그것이 정답이었다.

나는 정답의 증거다

세상은 명확하다.
인간만이 명확하지 않을 뿐이다.

02
오곡

가을과 닮은 머리를 하고
가을과 닮은 눈빛으로
붉게 익은 단풍나무가 생각나는
나는 황금빛 들판에 오곡이라네.

빈자(貧者)의 꿈

나는 왜 너가 나를
아직도 기다리고 있단 생각을 할까.
사랑에 대해 고민했다.

너 또한 사랑이다.

너는 언덕 저편에 붉게 핀
가시 많은 장미다.

나를 분홍 선혈로
감싸 안아주길 기다리는

오늘도 나는 너를 꿈꾼다.

04
모두의 천직

사랑은 완벽한 감정이기에
소멸이란 죽음의
공포를 먹고 산다.

온전한 고독이며 단독자(單獨者)이기에
아름다운 동반의 소천을 이야기한다.

누구의 것이나
그럴 것이라 나는 믿는다.

최고 존엄한 것
그러기에 가장 강한 것

단독자의 고뇌 사랑.

천직은
삶과 인격과 위상을 바꿔준다.

그것은
너를 사랑하는 일.

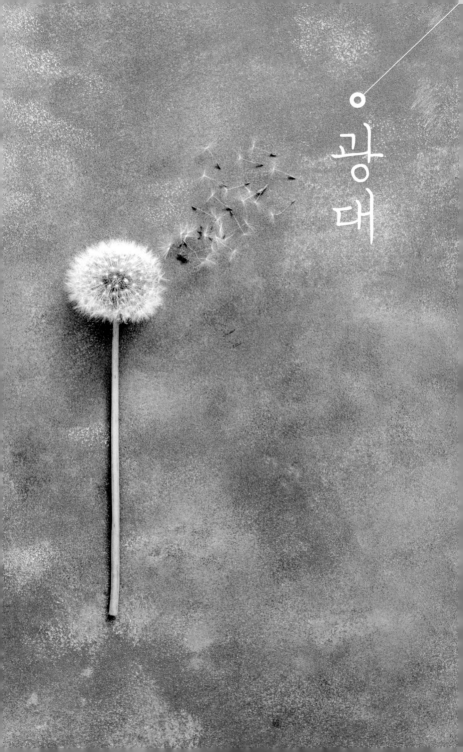

광
대

광대

그리움이란 이름으로
이름 모를 곳의 태양을
받고 있는 그대에게

나는 노래를 부른다.
또 부르고 싶다.

주지 못한 사랑은
감기보다 아프다.

사랑의 궁극적 불행은
그 대상을 끝내
내 몸으로 만들 수 없다는 것.

그리움이란 불치병에
광대로
살아가는 것.

그것 이외
내가 할 수 있는 일은 없었다.

헌신

오랜 시간

나에게만 남아있던
끝나지 않던 사랑의 잔향(殘香)과

그것들이 내는 그리운 울림에
괴로워 할 때

내가 찾은 희망의 언어는
희생이었다.

사랑은 하나다.
나에 대한 사랑도 너에 대한 사랑도.

그러기에
나는 아픈 사랑을 한다.

07
자화상

어디론가 가야하는 건
모두가 똑같은 거겠지만.
난 매번 주저앉았어.

그저 눈만 크게 뜨고 있었지.
창 한 자루 쥐고
미쳐만 갔지.

떠나지 못한 자는
이방인이 되는 거야.

태양이 따듯해서
총을 쏘지.

08
향수

나는 바람이다

지도 한 장 길 위를 걸으며

그곳은 내가 되고
나는 그곳이 된다.

그로 인해 나의 바람은
언제나 향기로울 것이다.

낙화(落花)

09
낙화(落花)

화사하게 피어나.
꽃답게 살지 못할 운명라면.

차라리.
푸른 잔디로 태어날 것을.

시간조차 아쉬워하는
아름다움이여.

태고의 그리움이여

조용히 들리지 않는가.
봄이 가는 소리가

스산한 밤하늘
초속 5㎝의 바람이 분다.

조용히 내리던 빗물들로
뚫러버린
마음의 빈자리.

너 가 왔다.
너 가 나간다.

11
피스타치오 사랑

피스타치오 속살은
너에 대한 마음 같아.

덜 익은 듯 푸른빛이 도는데
씹으면 씹을수록 고소해.

너는 아직 모르겠지.
내 마음이 어떤 맛인지.

이리로 와서 좀 씹어줘.

입안에서 고소하게 꽃 피워 줄게.
너의 혀끝 고소하게 감싸 안아 줄게

12
첫사랑

떠나가는 이 계절에 짐을 싸고
옷장 안에 있던 방향제만 놓고 간다.

얼마간은 은은하게 남아있겠지

너에 대한 기억도
남아 있는 방향제도

13
마담살롱

내가 어제 마신 커피는
가을 하늘의 구름이었나 보다.
아니면 누군가의 마음이었나 보다.
그게 너였다면 한다.

14
만족

에덴동산의 과일 맛이 궁금하다면
우선 사막으로 가야한다.

그곳에선 썩은 포도 한 알
금보다도 귀할 테니.

15
고독

사랑할 수 없다면
내 안의
모든 피를 뽑아버리겠어요.

사랑이 없는 심장이라면
언제든 칼로 도려내 버리겠어요.

두렵지 않답니다.
진정한 고독을 모르지 않는다면.

16
골초

내가 진정으로
태우고 싶은 물건은
담배가 아니라
바로 내 자신이었다

17
꽃

마음의 꽃은
아름답다고만
해서 피어날 수 없다.

너란 꽃을 피어내기 위해.
오늘도 나는 아파한다.

너는
사랑이다.

변명

사랑하는 사람아
누군가의 사랑으로 인해
너는 뜨겁게 피어나는
꽃이며
달콤한 열매며
생명의 물이니.

아름다워라.
죽도록 아름다워라.

아름답지 않다면
모두 변명일 뿐이다.

변명하지 말고
다만
아름다워라.

실
향
민

19
실향민

너는 나의 고향이다.
그 죄로 나는
변화하는 산과 들을
모두 보았다.

나만이 기억하고 있던
동심의 장소는
모두 향기만 남게 되었다.

너는 나이 들어 나를 떠나갔다.

나는 말없이 울었고. 또 울었다.
그렇게 나는
실향민이 되어 버렸다.

가끔 비라도 내리는 날이면
4월의 제비꽃 같이 어렸던 고향이

사무치게 그리워진다.

관능

너는 그렇다.

너를 보는 모든 개불들은
물을 뿜게 될 것이다

모든 조개들은
입을 벌려 흙을
토할 것이며.
그 자리를 다른 물로
채울 것이다.

너는 그들의
고향 바다이고
양식 어장이며
갯벌이고

생명이다.

21
봄의 연가

벗꽃 잎이 떨어진다.

떨어지는 벗꽃 잎은
봄의 첫눈이어라.

아름다운 이별을 슬퍼하는
봄의 눈물이어라.

그래 나를 떠나가라.
언제나 말없이
흐르듯 도망가는 그대여
그래 나를 떠나가라

붙잡아도 붙잡고도 싶은 그대여.
미련 없이
그래 나를 떠나가라.

그리움의 붉은 피딱지는
그대의 흔적이며 기억이고 증거이니.
곪고 곪은 상처의 고름을 쥐어짜며
그래 그대 나를 떠나가라.

나는 호젓한 나무 그늘에 앉아
그대가 만들고 간
붉은 피딱지를 손가락으로 후벼 파고
물고 뜯고 고통을 음미하며
오롯이 그대를 기억할 것이니.

그래
그대 나를 떠나가라.

23
도리

고기는 칼로 썰고
스프는 수저를 사용한다.

오롯한 그대는
깨지지 않을 것이다

24
참혹한 사랑

아무도 못생긴 성게의
속내와 내장에는 관심이 없었다.

그냥 알만 빼먹었다.

나는
그것이 성게의 운명이라 생각한다.

25
해변의 낭만

바다에서 라임향이 나는 것만 같아.
파도가 밀려 들어와
어딘가로 나를 데려다 놓을 것만 같아.
이름도 모르고 모든 것이 낯설겠지만
왠지 모르게 달콤할 것만 같아.

26
동경

얼음보다 차갑고
태산보다 높은 그대여.
그대의 마음이 누군가로 인해
따듯해지는 날이 오면
툰드라의
풀들은 모두 말라 버릴 것이오.

그러면
누군가는 또 굶어 죽을 것이오.

나도 그렇다오.

27
소녀에게

소녀여 너의 마음의 빗장이 열릴 때
하늘에서 유성이 떨어질 것이다.

너의 붉은 갈망은 자유를 얻을 것이고

누군가는 그 유성으로 인해
희망을 얻을 것이고.

누군가는 그 유성에 맞아
사라질 것이다.

소녀여 너에게 있어
나는 무엇이냐.

28
회상

마음은 아픈 것이고
감정은 무겁더라.

사유는 온전한 것이
되어야 한다.
꼭 그렇게 되어야만 한다.

찬미하고
고독을 위로하고
노래하고
웃고.

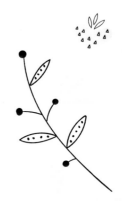

29
빈자구애 (貧者求愛)

얼음 위에 피어난 촛불이다.

난대 없이 날아와
몇 번을 죽다 다시 살아난
민들레 풀씨다

언제라도 꺼질 듯
휘청거리는 가녀린 마음이다.

30
소문

진실을 가릴 수 있는 옷은 없다.
먼 길을 돌아서온 방랑자여

이곳 그대의 아련한 고향에서
지금 다시 옷을 갈아입게

31
애모(愛慕)

내 피를 뽑아다 밭에 심으면
핑크빛 복숭아가 열릴지도 모르오.

지금은 그러하오.

사실
지금만 그러하오.

사랑이여

무성히 올라오는
고독의 잡초 속에
나를 그만 방치하오.

32
연애(戀愛)

하늘이 너무 맑아
울고 싶어요.

혼자만 바라보고 있는 게
가슴을 쥐어짜게 아파요.

보여요 내 가슴

너무 쥐어짜서
기름 나오는 거.

33
결혼

붙잡을 수가 없더라.
영혼의 약속도 변해간다.

발자국을 남기고
그렇게 걸어간다.

피할 수 없는 시간의 길목
잠시 너와 함께 걸어갈 뿐이다.

신앙

34
신앙(信仰)

먼 이상을 바라보는 그대
예술(藝術)입니다.

나도 그곳을 바라보고 있어요.
당신을 닮아가기 위해서

겸손은
제우스 발아 놓인 성모 마리아의
이빨입니다.

언젠가는 물어버릴 겁니다.

그저 나는
당신과 같은 사랑을 하고 싶습니다.

35
미인박명(美人薄命)

평온한 내 가슴에
설렘의 돌을 던져
멍들게 한 죄.

그대는 유죄다.

상처의 경과를 지켜보고
그대의 형량을 정하겠다.

36
금빛 여름

빛으로 일렁이는 풀잎들을 보라
황금의 시대다

우리들의 젖줄이 차오른다.
태양의 노래에 춤을 추자

금빛 나팔소리에 귀를 열자

생명의 기쁨으로
하늘을 향해 노래 부르자.

37
그리워

푸른 보리밭을 가로질러 가고 싶어.

한 마리 풀벌레 되어
폴짝폴짝 뛰어놀고 싶어

가끔

맨발로 지르밟고 다니던
풀 향기가

어리기만 했던 초록빛 내 동심이

사무치게 그리워.

38
태양의 의미

누가 알까 그 깊은 뜻을
거칠고 냉혹한 세상

오늘도 내리쬐는 따사로움에
나의 마음이 뛰는 이유를

39
애주 (愛酒)

낭만이 무르익는 곳
자유와 방종이 공존하는
그것이 술이다.

인간은 날 수 없다
잠시나마 날개를 달자

인간은 날 수 없다.
그것을 알 때까지.

저 멀리 낭만의 파도가 밀려온다.
저 멀리 한잔의 술잔이 나를 부른다.

<u>40</u>
야망

내가 힘들어 너를 떠났다.
이미 죽어버린 너의 육신아

41
들리나요

갓 빨은 새하얀 이불 같은
오전의 태양입니다.

산듯하게 불어오는 바람을
그대에게 보내는 편지에 담고 싶어요.

그대도 들리나요.
그대를 향한 내 마음속 외침이

42
사랑

이 세상 모든 단발이
이 세상 모든 생머리가
이 세상 모든 발목이
이 세상 모든 비누향이

너였다.
내가 되어 버렸다.

사랑은.
수억 명 인간들의 지구를
나만의 지구로 만들고

그렇게
조용히 떠나가고 있다.

43
새벽

희망이 죽을 수는 없는 것이다.
그대 아직 살아있지 않은가.

깊은 어둠의 장막이여
눈을 들어 하늘을 보아라.

희망의 언어가 온다.
새벽이다.

오늘도 빛들의 그림자에
내 마음을 적신다.

44
가식

우리는 옷을 입습니다.
우리는 입을 닫습니다.

당신은 가끔
너무 짜고 달고 시고 쓰고 떫습니다.
춥고 덥고 아립니다.

한잔의 술잔에 취하렵니다.

미안합니다.
미안합니다.

너무 아파 한잔 술 한잔만 하려 합니다.
두려움의 미열 때문에 딱 한잔만 하려 합니다.

모든 건
진심입니다.
다만 조금 취해 있네요.

45
젊음

젊음이란 제철 사과이다.
썩기 전에 먹어라

너는 내가 먹기 위해 눈물로 키운
과실수의 열매다.

취해버린 시간들이 만들어낸
나만의 제철 사과이다.

46
미(美)

한 마리 노루에게
사랑받고 싶어 하는 악어다.
노루의 사랑을 얻고자
그 악어는
물만 먹다 죽었다.

47
생존경쟁(生存競爭)

혼자 가는 길이여
외로운 길이여
가시 돋은 길이여
치사하다

우리가 꿈꾸는 건
취해버린 낭만뿐이다

생존이란 아름답지 못하다
치사하다.

희망은. 낭만이란 바다 속에 사는
한 마리 물고기와 다름없다.

48
자존심(自尊心)

너로 인해 생긴 자존심으로
나는 너를 버렸다.

남은 자존심으로

나는 내 자신을
버리러 간다.

49
소중함

내 생이 다하는 그 순간까지.
잊지 않음이요

내 손을 떠나가 누군가의
기쁨으로 살고 있을
타향(他鄕)의 이리 때라 할지라도

나는 잊지 않음이요.

나는 잊지 않음이요.

50
마음

만질수록
만질수록
커져가는 것은

너에 대한
마음이라 네

마음만 있어
마음 아픈 것도

너에 대한
마음이라 네

민들레

연가

51
민들레 연가

어둠속에 발견한
민들레 한 송이
금으로 빚은 술보다 향긋하니.

손들어 쉬이 꺾인다 한들
어찌 함부로 다룰 수 있겠는가.

나는 너를 태양과 제일 가까운
내 마음속 양지바른 옥토에 심나니.

에덴의 평화도
나는 부럽지가 않도다.

겨울의 추위여 물러가라
하데스의 분노도 떠나가라.

산뜻한 바람만이 불거라 하얀 구름 타고 불어오거라
어서 와서 나의 향기를 그녀에게도 전해주렴.

52
중용(中庸)

태산의 높음도
작은 언덕에서
시작되는 것을 앎은

내가 떠나감을
두려워하지 않는 마음이다

53
시의 생(生)

나는 내일의 생사도 모르는 사람이오.
지금만을 살고 있을 뿐입니다.

가을의 과실은
농부의 노력만으로 되는 것이
아니라는 것을

태양의 보살핌과
하늘의 눈물이
대지의 희생과
바람의 손길이 있어야 함을
나는 잘 알고 있습니다.

그대여.
미안합니다.

당신을 사랑해서
미안합니다.

54
양심

양심은 당신의 세상을 명확하게
만들어주는 명약입니다.

다시금 되돌아보게 되는 것입니다.
그것은 당신의 양심입니다.

무겁다 생각하지 말아 주세요.

양심은 당신의 세상을
명확하게 만들어줍니다.

55
자존전사(自存戰士)

자존이 무너질 때에는
날선 칼을 들어라.

자존

그것을 지키고
그러기 위해
또 싸우는 것

아름답다 생각하는
사람들 중에

전사
아닌 사람은 없었습니다.

단풍

너가 마신 커피에
너의 혀는 검게 물들었다.

나의 혀도 너처럼
검게 물들고 싶다.

더운 여름
너의 사타구니에
암갈색 때가 꼈다.

나의 사타구니에도
너의 암갈색 때가 꼈으면 좋겠다.

물들고 싶다.
나는 너에게 물들고 싶다.

_57_
짝사랑

언덕 위 미루나무는
말이 없어 죽은 것이다.

아프다고 한 마디만 해줬어도
도끼질을 그만두었을 텐데.

희망사항

확실하지 않으면
낚싯대를 올리지 않아

그러면
떡밥과 지렁이를
다시 끼워 넣어야 하잖아.

내게 확실한 입질을 보여줘
그냥 먼저 와서 물어

확 물어.

확.

59
꿈

사랑은 소유가
아닙니다.

소유가 될 수는 있으나
그것만이 전부는 아닙니다.

사랑은 끊임없는 갈망입니다.

건강한 인간은
사랑을 떠나 살 수 없습니다.

그것은 건강한
인간이 될 수 없기 때문입니다.

인간의 욕망

꿈도
그러한 것입니다.

소유하지 못한 모든 분들이여.

그래도 당신들의 꿈은
가슴속에 남아 있어야 합니다.

그것 또한 사랑이기 때문입니다.

맹목 (盲目)

담배를 태웁니다.
나의 마음이
그대의 살구빛
입술에 닿기만을 바라며
동사된 팔다리와
나체의 육신을 바라보니.
늑골의 뼈들이 훤히 비칩니다.
그 속에서
작은 새 한 마리가
울고 있습니다.

나는 믿습니다.

마음속 꽃이 지지 않는 한
내가 얼어죽을 일은 없을 것이라고

아직 지지 않고 남아있는 꽃 한 송이로
나의 봄은 끝나버린 것이 아니라고.

나는 오늘도 그렇게 그대를 기다립니다.

목련화

61
목련화

하얗게 피어난 용기여
굳세게 터져버린 마음의 강물이여
추운 겨울 춥지 않은 그대 마음
나에게도 전해주오.

하얀 배꽃같이
높고 높은 가을의 구름같이
환하게 피어오른 그대 얼굴
누구를 향해 밝게 웃나.

추위조차 기죽게 한 그대 마음
굳세어라.
굳세어라.

나는 그대에게
한없이 굶주린 사랑의 동경을 바치니.

떨어지지 마오.
비너스의 눈물이여
에로스의 화살이여
아프로디테의 젖무덤이여

그대 없는 겨울의 추위를 나는 상상할 수가 없나니.

62
진심

세상이 가로막아 버린
모든 옷가지는
타향(他鄉)을 위한
배려에 불과하다.
나는 뜨겁다.

외로운 모든 이여

잊지 말라.
나는 뜨겁다.

꽃이 핀다

뜨겁게 터져버린
마음의 사랑이여

눈물로 적서버린
그리움의 고향이여

붉은 대지 적서버린.
희망의 아련함이

대지의 따듯함을 머금은
나의 사랑이

봄날의 따스한 태양 아래
불꽃처럼 나비처럼

그렇게
아롱아롱 피어나는구나

64
해바라기

태양아 기죽지 마라
너를 보는 나의마음
시들까 두려우니

암갈색 대지 아래
뿌리내린 나의 발이

너를 향한 나의 마음
더욱 따갑게 붙잡으니.

피어나는 꽃들에게
날아오는 꿀벌에게.

알알이 차오른 나의 씨앗
사랑의 시를 편지 삼아.

힘 있는 고백으로
용기 있는 마음으로

희망을 기다리는 너의 아침에게
고소한 사랑의 인사를 보내는구나

65
시대정신

정의란 시대마다 다르오.
장소마다 다르오.
나는 불멸의 정의를 본 적이 없소.

사랑하는 이여.
나의 사랑이 끊어지지 않는 한.

나의 정의는
그대의 행복 하나라오.

_66_
그림자

별들은 노래한다.
너에게로 가고 있다고

형상들이 만들어낸
빛들의 멍자국

기다림의 외투를 걸치다.
시간의 연고를 바른다.

67
가마솥

펄펄 끓는 내 마음
뭐든 한번 넣어주게
최고의 식감으로
강인한 따듯함으로

퍼줘도
퍼줘도 남는
푸근한 인심
너에 대한 마음이라네.

하얀 김이 펄펄 나는
애끓는 마음

먹어주기만을 기다리는

그릇그릇 넘치는
나의 기다림이라네.

잉크

한 번 쓰면 되돌릴 길 없는
하얀 종이 위 검은 상처

지우려 애쓰지만
지워지지 않을 삶의 흔적들.

가려질 수는 있으나
사라지지 않을 마음의 상처.

날카롭고 예리한
너의 조소(彫塑)

님이여
부디 나를 소중하게 다뤄 주시게나.

69
망각

목적 없는 움직임
하늘 위의 조각구름

우주 멀리 사라져 버린
기억의 한 조각.

신이 그려낸
여백의 아름다움이라네.

70
여름향기

나는 배낭 뒤에 돛 하나 꽂고
너를 찾아 동남쪽 어느 마을로
하염없이 그렇게 날아갈 것이다.

71
연(鳶)

바람 따라 움직이는
순수한 어린이들의
동심이라

얇은 실에 의지한 채
위태롭게 살아가는
작두 위의 무당이라.

어디론가 가고 싶은
끊어질 듯 끊어지지 않은

우리 모두의 그리움이라.

72
수선화

그대여 떠나간 봄을 슬퍼하지 말라.
떠나지 못함을 슬퍼하지 말라.

다가올 봄날에 꽃을 피며 사랑하는 것이.
그대의 마음이 아닐지라도.

세월의 늙은 주름이
그대의 여린 발목을 붙잡고 늘어져
놓아주지 않는다 하여도

냉혹한 세상의 바람결에
그대의 곱디고운 꽃잎이 상처 입고
꽃답게 죽지 못한다 하더라도.

따듯한 하늘의 태양빛은
그대의 순결한 기도가
하늘에 닿아 내리는 눈물이여 빛이니.

그대여 하늘을 원망하지 말라 다만 오늘도 사랑하
며 살라.

73
평화

그대여 잊지 말라 그대의 평화는
누군가의 피와 눈물의 옥토
안에서만 꽃필 수 있음을

그대 안의 작은 비둘기를 키우기 위해.
그대의 부모 형제는
오늘도 그렇게 마음으로 울었나니.

그대여
그대의 평화를 사랑해라.

그대여 그렇게
부모의 눈물을 사랑해라.

74
증명사진

이보게 나는 늙었네.
이보게 나의
검버섯이 보이는가.

나를 사진만으로
증명하지 말게나.

나의 검버섯이
나를 증명할
수는 없지 않은가.

이보게

나의 흉부를 갈라다오

분홍 선혈로.
나의 마음을 보여주겠으니.

이보게

그것만이
내 생(生)의 증명이라네.

75
단비

하늘이 터져버린 시간의 그늘이여
하루종일 울고 또 울어라

그대의 눈물은 대지의 생명이며
가물던 곡식들의 알찬 기다림이니.

강으로 스며드는 그대의 서러움이
가을의 과육으로 다시 태어나는 순간까지.

나는 기다릴 것이오
일곱 빛깔 무지개의 약속들을

살아간다는 것은

살아간다는 것은 사랑하는 것이오
사랑하지 못해 고독한 것이오.

물질의 자유는 그대의 사랑을 지킴에 국한된 것이오
사랑만한 것이 없나니.

꽃과 나무를 보며 기뻐하는 것은
그대의 사랑이며 그동안 흘린 눈물의 힘이니.

사랑이 가득한 세상 꽃피지 않은 인생은 없구나.
그대여 그대의 인생에 봄이 오지 않았다 한들 좌절
하지 맙시다.

최고의 봄날의 시는
아직 쓰여 지지 않은 가능성의 기다림이며.

고독이 쓸수록 그 열매는 달고 또 다니.
알알이 알이 찬 그대의 행복의 열매를 기다리며.

오늘도 마른 빵 한 조각에 기쁨의 찬사를 보냅시다.

77
섬

나는 갈 것이오
파도가 나를 삼켜
나의 생이
끝나 버린다 하더라도

하늘의 함성이
나의 목덜미를 잡아
태풍의 물거품 속으로
나의 아가리를 집어
처넣어 버린다 하여도

내가 두려워 할 것 같소
그대의 기다림이 나를 부르거늘.

나는 갈 것이오
나는 그렇게 죽을 것이오.

78
외면

아 죽음의 온도로구나.
영안실에 나를 뉘어다오.

봉화 (烽火)

모두들 일어나라
그대들의 용감한 젖가슴을 쳐들어라.

만남의 시간이 왔도다.
희망이 될지언정 절망도 될 수도 있다.

모두들 일어나라
만남의 시간이 왔도다.

그대들의 용감한 젖가슴을 쳐들어라.

80
돌

거리마다 있는
손대면
언제나 곁에서
놀아주던
시원하고 단단한.

마른 땅이라도
파고 싶게 만드는.

너의 관능과 닮은.

81
플라타너스

넓은 잎과 가슴으로
어린 시절 덥기만 하던 내게
그늘을 내어주던 너.

그 안에 살던 나
너를 보지 못했네.

그리고 지금
그때의 너를 그리워하네.

82
행복

울어라 배부른 돼지의 금빛 찬란한 목소리로.

배고픔은 너나 가져라
이곳의 계절은 충분히 춥기만 하다.

배부른 돼지의 울음소리를 듣지 못하는 자.
그것은 삶의 진리에 대해 논할 수 없는 오만뿐이다.

83
사랑할 수 있다는 것은

사랑할 수 있다는 것은
내게 더 나은 내일이 있다는 것이오
봄과 꽃나비의 소중함을 아는 것이오
가을의 쓸쓸함을 함께 나눌 줄 아는 것이니

무더운 여름날 타오르는 갈증의 물 한 잔에
고마움과 그것의 참 의미를 아는 것이고

추운 겨울 이불을 뒤 집어 쓰고
인간의 온기에 대한
희망의 꿈들을 이야기할 줄 아는 것이다.

사랑할 수 있다는 것은
주린 배를 쥐어 잡고 살지언정
마른 빵 한 조각만으로 만족할 줄 아는
지혜와 명철함을 배우는 것이오

베풀 줄 아는 넓은 아량과
희생과 봉사의 기쁨을 아는 것이니.

사랑할 줄 아는 것이야말로
모든 행복의 지혜와 진리가 될 수 있는 것이다.

84
가을의 기억

그리움이란 나룻배에
몸을 싣고 그대에게 떠나감이오
나는 그곳에서 회한의 눈물을 흘릴 뿐이니

다시 못 올 그때의 사랑이여 그곳의 시간이여.
부르고 부르다 목매어 숨죽인 아련함이여.

나의 이곳은 가을이어라
낙엽이 지고 부서지는 가을이어라.
산산이 부서지는 나의 마음이어라.

그대여 잘살게나.
그리운 사람아.

순수(純粹)

금빛 나팔소리가 들린다.
먼지를 털고 창문을 열어라

미지의 세계로 떠나가자
붉은 노을 향해 거침없이 걸어가자.

동산 위의 꿈들을 손으로 잡아본다.
그곳으로 떠나가자. 바람이 나를 부른다.

초콜릿과 셔벗이 일품인 그곳
하늘은 높고도 푸르다.

86
이유식

태양으로 배를 채우자
두 발을 땅에 심고

바람결에 흩날리는
희망의 꽃씨를 먹자

태양으로 배를 채우자
마음껏 먹고 배를 채우자

다가오는 시간들에 가슴을 열고
태양으로 배를 채우자

87
뚝배기 사랑

뜨거운 뚝배기에
김이 펄펄 나는
빨간 육개장이 먹고 싶다.

밥 한 공기 뚝딱 부어
훌훌 말아먹고
땀 한바탕 흩뿌리는

나는 가끔
그런 사랑을 하고 싶다.

88
잡초처럼

그대여 잡초처럼 살게나.

밟히고 밟혀도
죽지 말고 살아남게나.

망각이란 그물은 우리의 상처를 덮고
새로운 생명의 자리를 내어주니

그대여
밟히고 밟혀도 살아남게나.

그렇게
누군가의 꽃이 되어 뜨겁게 피어나라.

89
라이터

내 머리를 뜨겁게 달궈 주세요.
나를 만져 주세요.

내 안에 들어있는
떠돌고 싶은 마음들을
하얗게 불태워 주세요.

추위에 떨고 있습니다.

당신의 손길만을
나는 기다립니다.

연필

나를 칼로 깎아 주세요.
부드럽고 힘 있는 손길로

나의 검은 마음
나의 검은 속살

나를 휘갈겨 주세요.
그대의 영혼과 물들고 싶습니다.

그대 손으로
내 몸을 잡을 수 없을 때까지.

91
여왕벌의 질투

마음속에 처음 자리 잡은 꽃을
어찌 잊을 수가 있겠습니까.

향기 많은 꽃은 사랑하면 안 됩니다.
쉬지 않고 달려드는 벌 나비 떼의 소란함에

사랑하면 사랑할수록
그 꽃은 메말라 죽어갈 것입니다.

마음속에 있는 향기지만.
나는 꽃이 죽는 것을 원하지 않습니다.

92
미(美)의 찬가

당신을 보면
어찌 사랑하지 않을 수가 있겠습니까.

당신은 가시 많은 장미이며
풍부한 과육의 열매입니다.
한여름 시원한 바람이며
푸근한 태양의 인사입니다.
차갑게 내리꽂는
겨울 고드름의 잊지 못할 미소이고.
산산이 부서지는 가을 낙엽의 길을
같이 걷고 싶은 하나의 외로운 그림자입니다.

아름다움이여
내게 변하지 않는 모습으로
영원히 지지 않을 별이 되어 주세요.

93
비밀

내 마음속엔 작은 꽃이 있다
바라보면 바라볼수록 그 꽃은
시리고 푸르다
달고도 아리다.

그 꽃의 이름은
사랑이다.

94
연인(戀人)

바람이 불듯
너는 계속 들어왔다.

나는 내가 싫어
너를 보지 못했는데.
너는 내가 되어 버렸다.

이제는 굳이 보려하지 않아도
너는 내가 되어 버렸다.

너는 사랑이다.

95
이별(離別)

마음을 빼앗긴 순간
나는 변해 갔다.

화려한 불꽃에 타들어간 나방처럼
아픈 줄도 모르고 그렇게 타들어 변해 갔다.

그렇게 너는 나를 떠나갔지만.
시간의 편도열차는 쉼 없이 달리고 있지만

지우려 해도 지워지지 않는 상처의 시간 속에
갈 곳 없는 나의 마음은 멈추어 있었다.

96
권태(倦怠)

불온(不穩)한 감정에 휘둘려 잠들지 못한 밤.

절대 내 것이 될 수 없는 역겨운 껍질들에 휩싸여
아직 발화하지 못한 창조의 씨앗들이

내 가슴 한편에서
조용히 썩고 있다.

봄이여 와라.

내가 너로 인해 흔들리는 순간
나는 그것이 무엇이냐 묻지만.

나도 잘 모르오.
다만 부끄러워 어디론가 숨고만 싶소.

97
무정(無情)

외롭지만
누구를 만나고 싶지는 않습니다.

눈물 보이고 싶지 않지만
울고 싶고.

그리워지기 싫어도
나는 그대가 그립습니다.

치유의 노래

바람 불면 지나가리.
여름의 기억

실록의 모판
알알이 알차 고개 숙이고

나무마다 열린 과실
단맛으로 물이 들면.

모든 것은 지나가리.
사라지고 떠나가리.

시간의 피딱지

99
불안(不安)

사랑이 찾아옴에
내 마음이 젖어 있지 못할까

웃어야 할 시간 웃지 못하며
우두커니 나 혼자만 남아 있을까.

매정하게 떠나보내는
주름진 시간들만을 원망할까…

100
민주주의

100% 합의란 물리적 폭력에 의해서나 가능하오.
역사가 말해 줍니다.

진리의 추구가 아닙니다.

아름다움의 추구일 뿐입니다.

101
꽃향기

떠돌다 만나는
계절의 선물

한 움큼 설레던
마음이 지나간다.

한 움큼 추억의
바람이 불어온다.

바람의 꽃

떨어진다. 사라진다.
다시 못 올 사랑의 그림자여

대지에 흐르는 바람의 꽃날들이
춘철의 기억으로 내 가슴에 와 닿나니

흔들리지 않는 마음이라
무정하게 그지없는 빙벽이더라.

성장통

103
성장통

내 아픈 뼈마디의
의미는

그대 머리에 이는
바람입니다.

104
아침의 노래

발자국 사라지다
그리움에 또 한 걸음.

하얗게 부서지는
파도의 이빨

흩날리듯 불어오는
아침의 노래.

105
소망

언제나
사람 냄새가 났으면 좋겠어.
그래야 아프지 않을 테니깐.

가장 좋은 것을 주고 싶어
주기 싫어도
주고 싶어.

온전한 것이니
내가 그런 사람이 되어가는 것이니
그것만이 모든 이유이니.

초점을 흐리기는 싫어
책임지는 삶을 살고 싶은 것이니깐.

자족할 수 있는 삶
기쁨과 아름다움.

106
인본주의 사랑

동전 한 닢에도
경외를 가져라
인간의 숭고한
노력이다.

107
원죄

인간의 존엄이
무너지는 순간이다.
모든 죄의 시작은
아픈 몸에서부터
시작된다.

108
정의란 무엇인가

강한 것만이
정의로 살아남을 수 있다.
강한 것만이 준엄할 수 있다.
사랑보다 강한 힘은 없다.
다른 사람의 정의를 비웃지 마라
다른 이의 사랑을 비웃지 마라.
차이의 존중이다.
이것 또한 누군가의 정의이다.

109
열등감

아픈 것이 싫었다.

모든 열등감을
죽이고 보니

사랑까지 죽어버린 것이다

그러더니 내가 죽더라.

110
편지

사랑은 죽는다는 게 뭔지 잘 알지만
그것으로 인해 죽고 싶은 마음이다.
사랑하는 사람과 그렇지 못한 사람은
인생의 무게가 다른 것이다.
살아남는 것이 가장 중요한 일이지만
사랑으로 인해 죽어가는 사람에게
칭호 따위는 중요한 것이 아니더라.

111
시(詩)

이유 없는 폭력의 상처는
광기를 자아냈고

잔인한 사랑의 운명은
분노를 이끌었다.

내가 갈 곳은
이곳의 황홀뿐이었다.

112
지문

대상이 서로 다를 뿐
삶이란 사랑이다

누구보다 뜨겁게
사랑하다 떠나가라

너의 머문 자리
사랑의 향기가 깃들 때까지.

113
봄날

너의 안에 사랑이 꽃필 때.

너는 내가 누군지 알 것이다

114
절규

나는 혼자일수 없습니다.
그것은 내가 아닙니다.

그대의 시선은
나를 온전하게 만듭니다.

아프니깐 사랑입니다.

그대 나를 두고
떠나가지 말아주세요

115
언약

약속합니다.
나는 나의 주름을
사랑할 것입니다.

약속합니다.
나는 지금의 순간을
약속할 수 없습니다.

116
조소(嘲笑)

아파서 예쁜 그대
그대라는 가시에 찔려

나는 피 흘려
죽어가고 있다오

<u>*117*</u>
바다

너는 바다인가 보다
나는 바다에 빠졌다.

구조신호를 보낸다.
아직 사랑하고 있다고

순정

하얗게 빛나는 미소여
바람에 부서지는 햇살이어
곱디고운 도화지의 여백이어

화사하게 부서져라

그대의 존재가
하나의 의미가 될 때까지

나는 죽지 않고 기다릴 것이오
그대의 참된 의미를,

119
흉터

시간이 그립더라.
문뜩 기억에 남았더라.

다시 돌아가고 싶어라
절절히 돌아가고 싶어라
피맺혀 내가 죽을 회한이여

나는 주저앉아 외면했노라
나는 또 다시 외면했노라

그렇게
나는 변해버리고 말았더라.

120
하오의 꽃잎

불꽃보다 뜨겁고
초행(初行)보다 낯선

부드러운 두 입술

석양이 내리던 커튼 사이로
드리우다.

121
브런치

부지런한 그대
기다려 주세요.

조금만
참아 주세요.

그래야 내가 있어요.

122
들꽃

보라 저 꽃을
잡초라 부르지 마라.
나에게는 사랑이었다.

123
탄식

비에 젖은 거리여
나의 마음을 적시어라.
나 또한 너와 함께 젖고 싶다.

거리에 피어난 풀꽃들이여
바람결에 누워 잠들어라
나 또한 너와 함께 잠들고 싶다.

미소

마음속 깊게 닫힌 빗장을 푼다.

그 속에 네가 있을 곳을

만들기 위해

오늘도 나는

호미로 밭을 간다.

125
떠나자

너무 길지 않았으면 좋겠다.
충분히 그리워할 수 있게

아프지 않았으면 좋겠다.
너를 오독하지 않도록

이토록 사랑하는데.
나는 너의 모든 것을 담고 싶은데

그럴 수 없음에 나는 떠난다.
석양빛이 아름답던 어느 일요일.

126
의자

기다림의 눈물을 먹고
기쁨의 열매를 맺는

만남과 헤어짐에 익숙한
삶의 안식처라네.

127
사라지다

사라져 버린 기억의 조각이여
만개를 기다리던 봉오리들이여

끝내 오지 않던
추수의 축배들이여

그대들의 낭만을 위로 하나니.
나는 떠나지 않을 것이오

나는 이곳에 남아 있을 것이오
나는 그렇게 사라질 것이오.

128
질투

나는 이 세상 모든
아름다운 것들을 질투한다.

그것들이 내 뼈에
새겨질 때까지

나는 그렇게 변해간다
떠나는 시간들을 질투하며.

129
석양

드넓은 광야에 묻힌
특별할 것도 없는
대지의 속삭임

정적을 깨는
태양의 노래

동심

떨림의 순간을 기억하오.
사랑은 변하는 것이지요.

꽃피고 열매 맺듯
낙엽지고 눈 내리듯
그렇게 변해 갑니다.

사계절의 마음을 담은
태양의 햇살만이 오롯합니다.

그대와 함께이고 싶습니다.
그대는 따듯한 햇살입니다.

131
맹점

아름다움이여

변하지 않을
봄날의 순간이여

그리움이란 촌철로
조각난 마음

나는 시간을
보지 못하네

그렇게
나이란 숫자만 늘어가네

꽃잎

깨끗하게 늙어가라
꽃답게 떨어져라.

탐스럽게 피어난
나의 희망이여.

태양빛에 녹아 흘러
옥토 되어 태어나라.

바람처럼 부서져라
멀리멀리 떠나가라.

133
조우(遭遇)

내 눈 앞의 그대는
그리움의 시간이며
망각의 그림자다.

134
사진

푸른 물결의 일렁임이여
다시 못 올 이곳의 태양이여

그리움에 홀린 시간의 눈물
석양빛 인사로 맞이하니.

그대 지금이라네.

135
좋은 날들

내 마음 속 물감들을 바른다.
한동안 나와 닮아 있는 너를 바라보며.

136
우표

나의 마음이 닿기를 바라며

이미 죽어버린 말들로
다른 의미의 조화를 기다리는

이승과 저승의 노잣돈

_137_
봄

그대가 아름다워서
내 마음속 꽃이 필 때.

138
삶

순백의 미소가 나를 부르니
나는 다만 걸어갈 뿐이오.

나의 발자국을 기억해 주오
서툴고 보잘 것 없지만

이정표 없이 그려낸 예술이라오.

139
풀꽃

거센 파도와 같은 운명의 씨앗이
너를 이곳으로 인도했나니.
그곳이 어디든 그대여 아름다워라.

140
운명

머리를 스치는 바람이여
고독히 남겨진 발자국들이여

하늘을 보고 묻나니.
이곳은 어디 입니까.

그대여 보기 좋습니까.

141

분노

너의 순간과 몸짓은
지금이 아니더라.

그러나 우리에게
지금밖에 남아있지 않더라.

노래하고 춤을 추어도
지금은 지나가고 있더라.

봄날이 간다

만약 내게 내일이란 약속이 있다면

그것은 아직 아물지 않은 그리움이라.

143
절개

희고 고운 목으로

푸른 대나무 숲가에 앉아
봄날의 태양을 부르짖는다.

어두운 시간의 터널
나는 시간을 잊었다.

푸르고 푸른 것
너란 사람이다

144
솜사탕

하오의 태양이
바람의 숨결이

나였다가
너였다가.

_145_
햄버거

나를 덮어주세요
나를 한입에 먹어주세요

터지지 않게

한 입
한 입

조심해 주세요.

가정(家庭)

혼자여도 좋다.
어디라도 좋다.

사랑이 움직이는 곳

자세히 보면
누구에게나 있는

우리들만의 안식처

기회

그대는 알맞게 잘 익은
과실수의 열매이다

이른 저녁 붉게 물든
노을의 눈빛이다

때는 추수의 계절 가을

저 멀리 시간의
완행열차들이 들어온다.

148
카페

너의 눈빛은 음악보다 달다
레몬보다 시고 빵 속보다 부드럽다

물들어온다 노를 저어라
바람이 분다. 돛을 올려라.

우리는 어디론가 가야만 한다.

예술

내게 아름다운 날들이 있다면
그것은 네가 아름답기 때문이다.

내가 아름다운날도 있지만
네가 아름다운 날이 더 많다.

너와 나는
다른 공간 다른 시간 속에 살고 있지만.

결국 하나의 세상
하나의 길로 가고 있다.

150
소통

내 마음에 씨 뿌리고
물을 주고 나는 기다릴 뿐이라오.

그것이 무엇인지 나는 모른다오

다만 그 열매를 그대들이 맛보고
알아주길 기다리고 있을 뿐이라오.

151
이름

마음의 빗장을 연다.
너는 허공으로 사라진다.

그렇게 너의 하나가 된다.
그렇게 너는 하나가 된다.

152
잊지 말자

우리가 어떤 인생을 살던

독이 될지 약이 될지는
마음의 문제다

인간의 선택은 이미
레테의 강을 건넜다.

153
밀크캐러멜

뜨거운 아스팔트 위에 녹아 흐르는
노란 밀크캐러멜이 되고 싶다.

너의 마음 뜨겁던 순간
나는 너에게로 가고 싶다

_154_
하늘

날씨가 쨍쨍해서
뱃심이 짱짱하다.

하얀 구름들은
추위에 못 이겨
잠시 너를 가린다.

날씨가 쨍쨍해서
뱃심이 짱짱하다.

155
감기

나의 봄은 너의 봄과 다르다

떠나가는 이 계절에
몸서리치는 번뇌의 흐느낌

나는 너와 다른 계절에 살고 있다.

금단의 열매

금단의 열매는
감정을 먹고 물들어 익는다.

농부의 덕목은
흔들리지 않는 것이다

가을의 수확철을
차분히 기다릴 뿐이다.

157
감탄

너는 아름답다
너의 하얀색부터 검정색까지.
너의 색에는 나의 우주가 들어 있다.

너는 아름답다.

너의 색으로
나의 우주가 물들었다.

158
라일락

나의 이름을 부르지 마라

부끄러움에 숨죽여 기다리던
마음속 향기를 잊을까 두려우니

나는 어제와 다른 오늘의 순간이다.

159
고향

나를 쉴만한 물가에 앉아
풀을 뜯어먹고 목을 축임은
익숙했던 그들의 마음이라네.
그것은 나의 마음이라네.

재

죽지 못할 그리움으로
떠나가지 못한 영혼의 흔적

계절의 바람아 불어오라
하얗게 터져 떠나가라

나를 기억 하는
하늘의 별빛이여
뜨거운 태양이여.

나도 한때는 아름다웠소.

161
아름다움

볼 수 없는 꽃들은
어디선가 말라가고 있다.

너의 호수는 깊다.
나는 그곳에 빠져 죽었다

162
성불(成佛)

자아는 천직으로부터
만들어진다.

천직에 맞지 않는
자아는

깨지기 쉬우므로
다시금 재조립된다.

그로 인해 자아는
온전히 완성된다.

천직을 발견하는 것
그것이 성불이다.

163
낭만

자유에 대한 갈망
아름다운 빛들의 종착지.

희망의 등대여 붉을 밝혀라

내가 너를 못 잊어
다시 너를 찾아 떠나가노라.

비누

오염된 세상. 내 살을 깎아
새롭게 다시 시작하자.

나와 닮은 향기
그 향기에 취해 나 또한 기뻐 우니

이기심과 이타심의
구분은 어리석다

그렇게 나는 사라져 갔다

165
희망

희망은 절망을 먹고 산다.
절망은 희망으로 깊어진다.

절망하자 희망의 꿈들이여
희망하자 절망의 무덤들이여.

166
패배

더 많이 사랑했다.
오롯한 춤을 췄다

나만이 기억하는
오롯한 춤이었다.

167
독신주의

나의 노래는 아직 끝나지 않았다.
그대여 내 삶의 무대에서 떠나가라.

아직도 부르지 못한
나의 노래들이 가슴속에 가득하다.

그대여 내 삶의 무대에서 떠나가라.

168
모욕

심장에 멍이 들어
나는 잠시 떠나련다.

새로운 꿈이 있는
나만의 안식처로

도(道)

애끓는 마음
목마른 동경으로 외로울 때

나 그대에게 가오리다.

몽우리 진 가슴마다 꽃이 피고
추수의 함성 내 귓가에 가득할 때

나 그대에게 가오리다.

날이 좋아 기쁜 날
풍경소리 새벽이슬과 함께 부서질 때

나 그대에게 가오리다.

170
친절

나의 친절은
그대의 아름다움에 대한
예찬이며

생활에 뿌리내린
두려움에서 나오는
겸손이다.

두렵고도 아름다운 친절이여
쉬지 말고 감사해라.

171

박애(博愛)

눈에 익은 눈빛들이여
무관심에 익숙한 사람들이여

나의 마음은 외면이 아니더라
무시도 아니더라

다만 너무 사랑해 떠나갈 뿐이다.

그대들 가는 모든 길
나로 인해 아프지 않기를 기도하며.